DES
SÉPULTURES.

De l'Imprimerie de Cʜ. Fʀ. Cʀᴀᴍᴇʀ,
rue des Bons-Enfans, n°. 12.

DES SÉPULTURES,

PAR

A. GAUTHIER-LACHAPELLE.

Sunt aliquid manes, lethum non omnia finit. Propert. Eleg. 7, lib. 4.

PARIS,

A l'ancienne Librairie de DUPONT, rue de la Loi, n°. 1132.

AN IX. = 1801.

PRÉFACE.

L E 26 ventôse an 8 , une commission nommée par l'Institut national de
France , fit un rapport (1) contenant
le programme d'un prix sur les sépultures. Ce rapport honore tout à-
la-fois le gouvernement qui l'a pro-
voqué , la société qui l'a accueilli,
et les membres chargés de le rédiger.

Le prix annoncé par le programme
a été partagé entre les citoyens
Amaury-Duval et Mulot ; il a été
fait en même tems une mention honorable du discours du citoyen Girard. La réunion de ces trois produc-
tions estimables , qui annoncent autant de moralité que de talent , nous

A

donne un code funéraire. Oserai-je présenter quelques vues relatives au même objet ? je suis censé les devoir en partie à la lecture des ouvrages que je viens de citer, et j'en fais hommage à leurs auteurs.

DES SÉPULTURES.

INTRODUCTION.

L'ORIGINE et la fin de l'homme, voilà les deux plus profonds mystères de la nature, et l'esprit humain fait d'inutiles efforts pour en pénétrer l'obscurité. Supposons une main puissante qui tire tout du néant, ou faisons le monde éternel ; admettons un concours fortuit duquel résulte cet assemblage merveilleux, ou donnons à tout ce qui existe la faculté de se reproduire ; nous rassemblons plus ou moins de difficultés, et nos incertitudes nous restent. Je fouille en vain dans les fastes de l'antiquité la plus reculée, j'interroge en vain mon cœur, je ne suis ni convaincu ni persuadé. J'habite un globe que l'étendue de mes connaissances me représente comme un atôme, je vois mille mondes rouler sur ma tête et sous mes pieds ; ce spectacle me rend muet et interdit, je ne puis qu'admirer, et c'est tout ce que je sais : d'où viens-je ? où dois-je aller ? questions désespérantes que notre orgueil ne résoudra jamais. A voir les hommes divisés d'intérêts comme de croyance, qui ne dirait qu'ils ont tous une origine et une fin opposée ? Le turc ignorant, l'industrieux européen me semblent de différente espèce. Encore, si l'univers éclairé par le même flambeau, ne formait qu'une seule et grande famille dont tous les membres, par leur union, rendraient au père commun l'hommage le plus pur qui puisse lui être offert , mon cœur ému sans doute , à l'aspect de ce tableau touchant , craindrait d'en déranger l'harmonie par de vains desirs ; et cette surface couverte de vices et d'éternels chocs , me paraîtrait un séjour de paix et de vertus. Songe agréable d'une ame bien née que sa sensibilité égare , tu passes comme l'éclair ; le voile tombe. Dieux ! quel triste réveil , et que deviens-je en regardant autour de moi ! je ne vois qu'anarchie et que trouble ; l'erreur sous mille formes , et la vérité couverte d'épais nuages : des peuples foulant aux pieds ce qui fait l'objet du culte des autres ; des nations nombreuses vouées à l'ignorance , d'autres plus éclairées, qui abusent de leurs lumières. Plus je m'interroge , moi et ce qui m'environne ,

A 3

moins je m'éclaire , et ma faible raison languit abattue.

Il n'est qu'un moyen de sortir de cet état désespérant ; c'est d'écouter dans le silence de la solitude et des passions cette voix intérieure , qui n'égara jamais : elle nous crie qu'il est un être que nous devons aimer , mais que nous ne sommes pas faits pour connaître. L'Indien qui croit voir son dieu dans les nuées ou l'entendre dans les vents ; le sauvage qui prend pour le sien le premier objet qui lui plaît ou qui lui nuit ; le païen qui s'en créa plusieurs, en leur prêtant des faiblesses qui pouvaient autoriser les siennes , ou du moins leur servir d'excuse ; le chrétien , dont la manie est de se représenter celui qu'il adore comme un despote toujours irrité : tous obéissent au même mouvement. Le climat, l'éducation, le progrès des lumières, les plaisirs, les peines, mille causes imperceptibles, et qui n'en agissent pas avec moins d'efficacité, nous ont amenés insensiblement à quelques réflexions confuses sur la nature de ce premier moteur dont nous sentons l'influence secrète (2), et sur le lieu qu'il habite. Choqués par degrés des dissonnances qui blessent nos faibles organes, nous sommes parvenus à nous demander, si notre fréle existence se bornait au petit nombre d'années que nous avons à peine le tems de compter ; bientôt nous avons imaginé, ou pour mieux dire senti, que tout pouvait bien ne pas finir avec nous. Arrivés à ce point, on voit combien ces premières vérités générales et de sentiment ont dû recevoir d'altération en peu de

tems; de quelles sombres couleurs
les gens mélancoliques les ont re-
vétues; avec quelle adresse les hy-
pocrites ont dû profiter de l'impression qu'elles font naturellement;
et surtout, avec quel art les fourbes
un peu instruits ont bientôt su les
employer, pour gouverner la multitude, toujours prête à croire et
à respecter ce qu'elle ne comprend
pas. De là les inspirations, les
oracles, les prophéties, les préten-
dues missions divines, les visions,
les miracles, les codes religieux,
les cultes bizarres, les cérémonies
ridicules, les disputes, les guerres
de religion, les massacres, les in-
cendies au nom des dieux, les per-
sécutions; en un mot, toutes les
horreurs qui ont désolé l'univers,
et toutes les petitesses qui le désho-
norent. On ne trouverait pas sur ce

malheureux globe une portion de terre favorisée du ciel, dont les habitans pussent dire : nous ne connaissons notre dieu que par ses bienfaits, ses ministres lui ressemblent, et nous sommes tous frères.

Le célèbre Pope a dit : « Ce qui » choque l'un édifie l'autre, et un » seul systême ne peut satisfaire » tous les hommes. » Laissons donc à chacun sa croyance ; respectons les opinions qui semblent les plus opposées entre elles, surtout gardons-nous d'imaginer faire grace à ceux dont la religion n'est pas la nôtre, lorsque nous voulons bien ne pas les persécuter. Par-tout je vois des monumens érigés à l'Eternel, par-tout je vois des jours consacrés à son culte ; et j'imagine que le mahométan qui l'invoque sincèrement, trouve le repos et la paix sous les voûtes de ses mosquées, comme le chrétien dans ses temples. Être suprême ! tu formas nos cœurs pour t'aimer, tu ne demandes rien de plus ; et l'ignorant qui t'adore de bonne foi , attire bien plus tes regards paternels que le philosophe qui sonde ta divinité, et dont l'ame attiédie n'offre à ta grandeur qu'un hommage stérile.

L'erreur parcourt ce bas monde sous mille formes ; méfions-nous de notre sagacité ; soyons humbles avant tout , et nous serons bientôt vertueux et éclairés. Aimons-nous donc ; sachons nous supporter mutuellement ; partageons à l'envi les fatigues inséparables de ce douloureux voyage que nous faisons tous sous les yeux du grand Être , et dont lui seul voit le terme pour chacun de nous. Recevons dans nos bras ceux qui le commencent ; pressons quelquefois sur notre sein ceux qui tiennent la même route, et que notre cœur soit le dernier asile de ceux qui ont achevé de la parcourir : mais surtout, respectons leur dépouille mortelle ; entourons-la des témoignages de notre amour, de notre reconnaissance et de notre admiration. Infortunés ! le même sort nous attend, nous pourrons compter alors sur les mêmes hommages, et cette assurance a quelque chose de consolant. Pauvres humains ! qui parlez de gloire, songez à ces derniers honneurs ; vous serez peut-être moins jaloux de ceux qu'on vous rend, et que vous achetez toujours à un si haut prix. A Dieu ne plaise que je condamne l'enthousiasme, et que je veuille éteindre l'émulation ! Je me borne à desirer que l'un soit mieux dirigé, et que les motifs de l'autre soient plus purs.

La vie de la plupart des hommes est très-agitée; la somme de nos maux, quoiqu'on en puisse dire, l'emporte sur celle de nos plaisirs. Nos dernières années sont semées de réflexions, sinon plus tristes, du moins plus sérieuses. A mesure que nous sentons nos forces s'user, nos facultés s'affaiblir, nous commençons à soupçonner que notre carrière a un terme; nous tenons surtout, par un instinct précieux, à la douceur de revivre, pour ainsi dire, dans ceux que nous laissons. Ce desir, si vif et si universel, ne serait-il pas encore une preuve que tout ne doit pas finir avec nous? car, la nature attentive ne nous permit jamais l'expression d'un vœu qui ne saurait être rempli. Tous les peuples, civilisés ou sauvages, qui ont successivement couvert ce globe, ont respecté la veillesse, et honoré la mémoire des morts : ils se sont tous empressés de perpétuer, par des monumens plus ou moins durables, le souvenir de ce qui leur fut cher. Le gouvernement qui commande au peuple le plus aimant de l'univers, a bien senti que l'oubli des devoirs les plus sacrés était un état violent pour ce même peuple, dont la gloire lui était confiée, et dont le bonheur devait être sa plus douce récompense. Il a parlé ! à sa voix la première société savante de la capitale a fait un appel à tous les hommes sensibles et instruits ; et les ouvrages qu'elle a couronnés, ou rappelés avec éloge, prouvent assez qu'il n'est rien qu'on ne puisse promptement obtenir du concours heureux de la puissance, des lumières, et de la sensibilité.

Fin de l'introduction.

CHAPITRE PREMIER.

Exposition des corps ; éloges des morts ; proclamation des décès; officiers funèbres ; convois.

JE croirai dans ce chapitre, comme dans ceux qui le suivent, avoir à-peu-près atteint le but, si je ne propose rien que de simple, et par-là même de praticable pour toutes les classes de la nation. Les plus beaux projets cessent de l'être, quand ils ne sont pas utiles, et ils ne sauraient être vraiment utiles, quand leur exécution devient trop dispendieuse. Je sais qu'il est difficile, en traitant un sujet qui réveille autant d'idées sombres et sublimes, de n'être pas un peu entraîné au delà des bornes par son imagination , et surtout par sa sensibilité ; je sais qu'une question de grande importance , proposée par un gouvernement puissant , et environné de gloire , transmise par l'organe d'une société célèbre , ne doit guères laisser de sang froid celui qui aime son pays , n'eût-il pas d'ailleurs les talens nécessaires pour la traiter : mais encore faut-il juger les intentions de ceux qui gouvernent ; et elles ne sont pas difficiles à pressentir , quand tous leurs pas, dans cette carrière épineuse , sont marqués par des actes de justice et d'humanité. Ils veulent le bien , mais le bien de tous sans acception de personne. Ils sauront donc gré à ceux qui s'occupent de rapprocher l'intervalle toujours trop grand qui les sépare des dernières classes ; et c'est

les

les servir que de rendre cet intervalle moins sensible.

On s'habitue aisément à regarder
comme un père l'homme de génie
qui sait rendre heureux ceux qu'il
dirige , et quel que soit l'éclat ré-
pandu autour de lui, quel que puissent être ses titres à notre admiration et à celle de la postérité ,
l'amour et la reconnaissance nous
rendent bientôt familiers , si j'ose
m'exprimer ainsi , et ne tardent
pas à faire de nous autant d'enfans
dévoués , et disposés à le seconder
dans ses travaux.

Tout ce qui peut nous rapprocher de la nature doit être saisi avidement aujourd'hui. Je desire encore m'éloigner le moins possible
de ce que nous avons pratiqué de-
puis bien des siècles : s'il ne faut
pas trop tenir aux vieux préjugés,

B

peut-être faut-il tenir un peu aux anciens usages.

Les citoyens Amaury - Duval et Mulot ont cru devoir s'occupper de la manière de constater la mort réelle de l'individu ; leur travail ne laisse rien a desirer , et je m'abstiendrai de traiter le même point.

Je ne parlerai pas des soins à rendre aux mourans dans leurs derniers momens ; les rappeler à ceux qui sont capables de les oublier serait peine perdue , et le cœur de ceux , pour qui ces mêmes soins sont un devoir si triste , mais si doux , leur en dira plus que ma faible voix.

En politique comme en morale , portons un œil discret sur les actions privées ; donnons aux peuples des institutions simples , elles réveilleront bientôt tous les sentimens généreux : le législateur a déja manqué son but , dès qu'il laisse soupçonner qu'on peut négliger certaines obligations.

Les anciens ont porté ces soins presque jusqu'à l'idolatrie ; enfans plus rapprochés de la nature , ils ont dû être moins sourds à sa voix. Un ami, un parent fermait les yeux du mort, et recevait dans sa bouche son dernier soupir. La tendre mère, qui perdait un fils chéri , pressait encore de son sein le sein à-demi glacé de l'objet de sa tendresse ; ses lèvres tremblantes couvraient de baisers la bouche qui lui sourit tant de fois , et ces yeux éteints , dont les regards dans des tems plus heureux la firent si souvent tressaillir , et se fixent comme par instinct sur elle, en se fermant à la lumière. En recueillant le dernier souffle d'une vie si chère , et qu'elle donna au milieu de tant de douleurs , une douce illusion lui fait croire qu'en recevant cette ame aimante elle reprend une partie d'elle-même , et qu'en lui rendant son premier asîle elle la dérobe en quelque sorte à la profanation. *C'était*, dit le citoyen Amaury-Duval, *porter la tendresse bien loin :* il ajoute, et il était fait pour le sentir ; *mais c'était de la tendresse.*

Celui-là sans doute est arrivé au dernier degré d'infortune , qui n'a pas même le loisir de vaquer à ces derniers soins. Chaque jour nous en offre la triste preuve chez cette classe, du bonheur de laquelle on parle sans cesse , sans le réaliser jamais ; je veux dire les artisans des

villes, et les habitans pauvres des
campagnes. L'extrême misère, me
dira-t-on, conduit à l'insensibilité,
et ces gens-là se regrettent peu :
l'extrême opulence, pourrais-je ré-
pondre, y conduit encore plus sû-
rement, mais la nature ne perd jamais ses droits, et il est rare qu'elle
laisse éteindre le sentiment de la miséricorde et de la pitié dans des
cœurs toujours gémissans. Dispen-
sons-nous de la pratique de toutes
les vertus, mais ne violons pas leur
dernier asîle ; bravons la nature,
mais ne l'accusons pas : c'est bien
assez de refuser le bonheur à nos
semblables, sans chercher à justi-
fier ce refus outrageant, en les supposant peu capables de le goûter.

Combien d'individus de la classe,
que je viens de citer, périssent
faute de secours et de soins ! ont-ils

besoin dans leurs convalescences de quelques alimens , je ne dis pas délicats , mais moins grossiers , leurs facultés ne leur permettent jamais d'y atteindre. Leur fournit-on des remèdes , leur quantité ou leur qualité sont presque toujours altérées par les mains avides , qui les préparent ou qui les distribuent ; toutes les incommodités du local , toutes les intempéries des saisons ajoutent à leur mal - aise , et à leurs souffrances.

Hommes las de plaisirs , pénétrez avec moi dans le réduit obscur et mal - sain qui recèle une famille entière , dont tout l'avoir ne paierait pas le plus modeste de vos repas. Voyez cette mère intéressante qui vient d'accoucher ; elle sort des mains d'une femme dont l'ignorance a doublé ses douleurs , et qui l'abandonnera demain, parce qu'elle est pauvre. Sa vie est en danger, il faut cependant qu'elle s'occupe de ce qui l'entoure ; les cris aigus de son nouveau-né étouffent ses plaintes ; le bruit incommode de ses autres enfans la rappelle au sentiment de ses maux, à l'instant où la nature épuisée par leur violence lui procure un sommeil agité. Quels soins peuvent rendre à cette malheureuse mère l'époux dont tous les momens sont comptés, et qui ne saurait en perdre un seul sans voir diminuer la portion de pain rigoureusement nécessaire à la vie de sa famille ?

La mort enlève enfin cette victime ; il faut qu'il étouffe sa douleur, qu'il cache ses larmes. Quels devoirs rendra-t-il à ce triste objet de ses affections ? aucuns, il ne pos-

sède rien ; et dans ces derniers momens la religion elle - même , ou
plutôt ses ministres , ne déploient
son appareil que pour l'homme en
état de le payer. On vient enlever ,
comme par grace , les restes de
cette infortunée ; il les suit avec
les plus grands de ses enfans qu'il
soutient, qu'il console, qui le fixent
avec étonnement , et qu'il ne peut
regarder qu'en sanglottant : la terre
engloutit la fidelle compagne de ses
travaux, et, lorsqu'il rentre chez
lui , de nouveaux cris l'attendent
et le désespèrent. Il faut travailler
sans relâche , redoubler de forces
et d'activité , pour ne pas mourir
de faim ; il ne saurait se livrer aux
sentimens les plus sacrés et les plus
doux , point de regrets , point de
larmes : l'homme impatient qu'il
sert ne connaît point de retard ; la

misère est là qui repousse la douleur. Dieux ! n'avoir pas même le
tems de s'affliger et de pleurer.

Heureux du jour ! versez sur ces
infortunés une légère portion des
biens que vous n'avez pas même le
talent de dissiper : alors on oubliera,
s'il se peut, tous les maux que votre
opulence rappelle , on sera moins
tenté de vous reprocher les moyens
honteux qui vous l'ont procurée.

La première précaution à pren-
dre est de constater l'identité du
mort. Ceux qui l'ont entouré pendant sa maladie , ses proches , ses
amis, ses voisins même , au nombre
de trois , peuvent fournir , de suite
et de la manière la moins équivoque , cette déclaration que la su-
reté commune requiert impérieuse-
ment. La municipalité de chaque
arrondissement doit la recevoir , et

surtout en vérifier l'exactitude par un de ses membres, toutes les fois que les citoyens qui se présentent pour la faire, ne sont pas parfaitement connus, ou en nombre suffisant.

L'exposition du mort à visage découvert a été proposée, je n'adopterais pas cet usage. D'abord, parce que souvent les traits du cadavre sont défigurés à un point qui effraie, et qui répugne tout à la fois : je crois ensuite que le respect et les égards que nous devons aux morts, et à ceux qui les regrettent, exigent que nous n'exposions pas leurs restes inanimés à l'indiscrète curiosité de la multitude, et souvent aux propos plus qu'équivoques d'une jeunesse inconsidérée.

Je voudrais que le corps fut placé vingt-quatre heures après le décès

à la porte du domicile, qu'on le dé-
posât dans un cercueil, et que hors
le cas d'une dissolution avancée,
ce cercueil fut seulement couvert
d'un drap noir chargé des emblê-
mes du culte que suivait le défunt.
Cette liberté peut, au premier
coup-d'œil, présenter quelques in-
convéniens ; avec un peu de ré-
flexion je crois en voir résulter plusieurs avantages. Le premier, de
nous laisser mourir avec l'idée con-
solante d'être entourés de tout ce
qui fut l'objet de notre vénération.
Le second, de familiariser tous les
hommes (3) de diverses croyances
avec les rites et les cérémonies des
religions qu'ils ne professent pas.
Certes, s'il est un moment où toutes les haînes s'assoupissent, où les
préjugés les plus invétérés se tai-
sent, nous conviendrons que c'est

à l'aspect de ce sort commun qui nous attend tous. Alors, la pitié, la douce pitié, ce sentiment céleste qui nous donne toute la conscience de notre être, et qui nous identifie avec nos semblables, cette pitié ne nous laisse plus voir qu'un homme ; et le juif ou le protestant qui fixe d'un œil morne le voile funéraire, qui couvre le mahométan ou le chrétien, oublie jusqu'aux formules de son culte, pour laisser échapper de son cœur oppressé l'expression d'un vœu d'amour et de paix. Disons-le, en politique comme en morale, l'habitude de voir certaines choses les rend moins dangereuses, et le mélange de certains usages peut diminuer leur influence comme leur ridicule.

Si la pauvreté du défunt, et celle de son domicile, s'opposaient à cette exposition publique, il serait transporté dans le temple affecté à son culte, et confié à la garde de ses ministres (4). Leurs soins les plus touchans appartiennent de droit à ceux que le monde semble abandonner. Le jeune orphelin, qui aurait perdu son père, et qui serait obligé de l'y transporter, rougirait moins de cette malheureuse nécessité, en déposant ce fardeau précieux sous les voûtes qui couvrent chaque jour indistinctement le pauvre et le riche, le puissant et le faible (5). Oh! quand parviendrons-nous dans nos institutions, à dédommager, je ne dis pas par quelques honneurs, mais du moins par quelques consolations, les infortunés dont la triste existence fut condamnée aux travaux les plus rudes, et aux privations de tout genre? Il dut être bien à plaindre celui qui ne trouva le premier instant de repos que dans la tombe !

Ce serait ici le cas de prononcer les éloges funèbres en l'honneur des morts , je veux dire , au moment où le premier transport vient d'être effectué dans le temple , et sous les yeux des parens , des amis du défunt ; en un mot , de tous ceux qu'un intérêt quelconque ou la curiosité y auraient conduits. Cet usage trouvera des partisans , mais, je le rejette : ne perdons pas de vue que les honneurs qu'on prodigue deviennent nuls , et que les devoirs qu'on multiplie , sont bientôt négligés. Il est des classes vouées à l'obscurité , sachons la leur faire aimer : c'est peut-être toute la science du gouvernement. Si quelques individus privilégiés en sortent par des vertus ou des talens rares, qu'ils soient célébrés dignement ; c'est une justice tout à la fois, et un motif puissant d'émulation. Mais, que dira ce parent, cet ami, qui ne saurait s'exprimer convenablement ? Quel intérêt résultera du simple exposé (quand il pourrait le faire) de la vie monotone d'un artisan, pour lequel tous les jours se sont ressemblés, et qui peut avoir pratiqué obscurément toutes les vertus, sans fournir un seul trait qui le fasse distinguer ? L'éloge des individus de cette classe nombreuse est dans la douleur sincère de ceux qui les pleurent, et cet éloge en vaut bien un autre. Ce que la vanité et le luxe accordent à de froides cendres ne les ranime guères; elles me semblent réchauffées par les larmes brûlantes du sentiment.

J'ai dit plus haut qu'il était juste et politique de célébrer la mémoire de ceux qui auraient ajouté à la gloire ou au bonheur de leur pays. La voix de la patrie reconnaissante suspendra pour un moment les larmes répandues par une mère éplorée sur la tombe de son fils, et les cendres du jeune héros, que la mort aura frappé, ne seront point insensibles aux regrets noblement exprimés par cet organe sublime. O! toi, dont la modestie et la modération égalèrent la valeur et les talens ; toi, que nos ennemis même ont pleuré, et qu'ils citent avec orgueil comme leur bienfaiteur! DESAIX! tu reçus le coup mortel dans les plaines immortalisées de *Maringo*, mais la reconnaissance et l'amour t'élevèrent à l'instant dans le cœur de tous les Français

çais autant d'autels où ta mémoire fut adorée.

Je desirerais que les éloges des grands hommes fussent prononcés sous les voûtes majestueuses d'un vaste édifice destiné à cet auguste et pieux usage, et qui serait construit au centre d'un champ de mort commun, dans lequel chaque secte aurait son enclos particulier (6). Les chefs du gouvernement y assisteraient, et les sectateurs de tous les cultes, en s'y réunissant comme en famille, contracteraient ainsi la douce habitude de se regarder comme des frères. Ces éloges devraient être courts, simples, mais remplis de dignité et d'onction. Dès qu'ils seraient achevés les parens, qui auraient été placés dabord d'une manière honorable, recevraient publiquement un témoignage d'intérêt de ces mêmes chefs au nom de la nation. Le gouvernement ferait ensuite exécuter à ses frais un monument analogue à la profession du défunt, et qui serait placé dans l'enceinte particulière de l'édifice dont je viens de parler.

La proclamation du décès aurait lieu sur le parvis du temple de chaque secte, lorsque le corps serait enlevé pour être transporté au dépôt commun : c'est une cérémonie civile qui doit avoir la plus grande publicité. Je n'ai regardé le premier transport du domicile au temple que comme une affaire de famille et d'opinion, par conséquent peu sujette à certain appareil ; je laisserais cependant à chacun la liberté de déployer dans ce premier acte tout le

luxe que sa fortune lui permet-
trait (7).

Nous emprunterions cet usage
des Romains, comme dit le citoyen
Mulot, et j'adopterais volontiers la
formule qu'il met dans la bouche
de l'officier public, chargé de pré-
céder le convoi ... « tel, fils d'un
» tel, est mort ; que ceux qui veu-
» lent assister à ses obsèques appro-
» chent et le suivent ! On emporte le
» corps, je dirai du temple au lieu
» de la maison. »

Cet officier veillerait surtout à
ce que la marche des convois ne fût
ni retardée ni troublée ; il aurait
à ses ordres un détachement de
soldats dont partie précéderait le
convoi, et partie fermerait la
marche. Je déploie ici à regret un
appareil militaire, il n'est nulle
part plus déplacé : Si quelques fonc-

tionnaires sans uniforme et sans armes pouvaient remplir le même objet , je les préférerais.

L'officier public serait salarié par le gouvernement , et ne pourrait prétendre à aucune rétribution particulière. Deux membres de la famille du défunt se tiendraient constamment à ses côtés , et le reconduiraient chez lui après la cérémonie. Quant à son costume, on lui en donnerait un analogue à ses fonctions.

Il résulte de ce que je propose, qu'au décès de chaque individu il y aura deux convois ; c'est un hommage de plus à la mémoire des morts. Il en résulte encore que chaque secte pratiquera publiquement les cérémonies de son culte : eh ! pourquoi pas , dès que toutes les pratiqueront sous la surveillance de l'autorité. Ce mélange peut paraître bisarre , qu'importe ; il ne le sera pas plus aux yeux du philosophe que la diversité des opinions dont il est le résultat nécessaire. Nos usages civils , nos modes , présentent-ils moins de bigarrures ? Encore une fois , quel est le but du gouvernement , que veut-il , et que peut-il vouloir ? liberté , liberté entière , pour tous les citoyens de l'empire. Or , dans l'hypothèse dont je parle , ce but est rempli. Lorsque la commission de l'institut a dit : « Les cérémonies funéraires n'étant considérées que relativement à un acte civil , il ne doit y être introduit aucune forme qui appartienne à un culte quelconque; » elle a voulu dire sans doute , qu'il ne fallait emprunter les formes d'aucun culte pour y assujettir tous les

autres, puisque le code funéraire
allait devenir obligatoire pour tous
les Français. Mais j'imagine, et
j'aime à me le persuader, que l'in-
tention qu'elle a fidellement transmise, n'a jamais pu être assez mal-
interprétée, pour prêter à croire
que la tolérance fût lésée, en favo-
risant également toutes les sectes,
et l'ordre public compromis, en les
assujétissant toutes, rigoureusement
sur plusieurs points, à des mesu-
res générales.

Mais, dira-t-on, vous tombez
dans l'inconvénient que vous pa-
raissez vouloir éviter : car, en
France, où la religion catholique
compte plus de partisans qu'aucune
autre, nous n'aurons presque sous
les yeux que les cérémonies de cette
même religion, et le gouvernement
n'en veut point de dominante. Il

ne m'appartient pas de sonder les intentions du gouvernement, je les crois toutes dirigées vers le bien commun, et cela me suffit. Quant aux cérémonies de la religion catholique, dont l'exercice frappera nos yeux plus souvent, je dirai que cela doit être, par la raison même qu'elle a plus de partisans, comme on me l'observe. En conclura-t-on qu'il faut les lui enlever ? non, j'espère, car si elle ne doit pas être spécialement protégée, elle ne doit pas être non plus persécutée de préférence. Je vais plus loin : je suppose que cette supériorité en nombre, que ce retour si répété des mêmes cérémonies, attire insensiblement à cette religion, je ne dis pas les prosélytes des autres croyances, mais ceux dont l'indifférence et l'indécision donnent sur eux plus de prise , et le nombre en est grand : eh bien! qu'en résultera-t-il ? que tous les Français auront la même religion , le même culte. S'ils n'en deviennent pas meilleurs , s'ils n'en sont pas plus unis , il est probable qu'ils n'en seront pas plus pervertis , ni plus divisés entr'eux : dans la supposition même , très-gratuite, de ce rapprochement dans une même croyance, le gouvernement aura l'expression non équivoque de la volonté générale , et c'est, je crois, tout ce qu'il demande.

Le premier transport ayant lieu, comme je l'ai dit , du domicile au temple que fréquentait le défunt, je ne détermine rien sur l'appareil qui doit y être déployé ; ce soin appartient à la famille et aux ministres du culte qu'elle professe ;

je laisse la même latitude pour le second transport du temple au dé-pôt commun , toujours bien per-suadé que politiquement même par-lant on ne saurait rien faire de mieux. Si j'étais tenté de restrein-dre cette liberté , je prescrirais la marche la plus simple et la plus silencieuse.

Le cit. Girard dit ... « La douleur » n'a pas besoin de préceptes dans les » tristes hommages qu'elle rend aux » morts : elle façonne l'urne funé-» raire; elle tresse des couronnes, gé-» mit en longues complaintes...... » Plus loin il ajoute , et je me plais à transcrire ce morceau rempli de vé-rité et de sentiment : « Lorsqu'un » des habitans de nos hameaux a » payé le dernier tribut , ses amis » se rendent auprès de la famille , » écoutent ses plaintes en silence ,

» y répondent par leurs soupirs.
» Lorsqu'arrive l'instant de la sé-
» pulture , le corps est déposé dans
» un cercueil , porté par des per-
» sonnes de son sexe , et quelque-
» fois de son âge. Ainsi , le jeune
» enfant moissonné dès son aurore ,
» est porté dans la tombe par les
» compagnons de ses jeux ; et la
» troupe folâtre , qui se croyait
» à l'abri des coups de la mort ,
» frémit , en voyant que les grâces
» ni la jeunesse ne sont pas des
» titres pour en être épargnés.

» Les plus proches parens sui-
» vent le cercueil , soutenus par
» leurs meilleurs amis ; les habitans
» se rangent en deux files silencieu-
» ses , et traversent ainsi le ha-
» meau : aucun chant ne se fait
» entendre ; aucune pompe ne
» frappe les yeux ! mais , on voit

» un cercueil, une famille en
» pleurs, du silence et du recueil-
» lement; c'en est assez pour émou-
» voir : toute la magie des arts,
» toute la richesse des allégories ne
» rendraient pas ce spectacle plus
» auguste ! ce n'est pas le luxe, le
» nombre des cérémonies qui peu-
» vent concilier plus de respect à
» une institution qui porte elle-
» même un si grand caractère. »

Quel touchant spectacle pour l'homme sensible, que celui d'un convoi aussi modeste ! Que de ré-flexions il fait naître ! qu'il réveille de sentimens ! Ce malheureux porté par ses compagnons d'infortune est un de ces êtres utiles dont les vertus obscures ne nous ont pas rendus meilleurs, et que l'exemple funeste de nos vices a corrompu. Le travail le plus rude dut avoir pour lui des charmes aussi longtems qu'il conserva sa première simplicité; il dut lui paraître insupportable dès qu'il l'eut perdue; innocence et bonheur étaient pour lui même chose. Souvent le trajet était long de la chaumière au temple, et les champs qu'il fallait traverser devaient en partie leur fécondité aux sueurs de celui que la mort venait de frapper. Les parens qui le portaient, les amis qui formaient son triste cortège rencontraient à chaque pas les instrumens précieux de leur art, symboles de la carrière pénible qu'ils avaient à parcourir comme lui; cette vue leur en faisait envisager le terme avec moins d'effroi, ce devait être celui de leur misère (8).

Je ne voudrais rien de plus dans les convois, et si je parvenais à amener un peuple à ce culte simple et touchant envers les morts, si j'avais surtout le bonheur de le lui faire aimer, je croirais lui avoir rendu ses premières mœurs et toutes ses vertus.

La différence de génie des peuples indique au législateur le genre d'institution qui leur convient. Peut-être faut-il à un peuple calme, réfléchi, dont les habitudes et les usages varient moins, des cérémonies plus pompeuses et qui parlent davantage à l'imagination : par la même raison je donnerais à un peuple généreux et aimant, mais léger et enthousiaste, des cérémonies simples et sentimentales. Le premier, constamment plus rapproché de la nature, a presque besoin, je ne dirai pas, d'en être éloigné, mais d'être par fois remué pour s'élever à la dignité qui convient à une nation :

le second semble devoir être retenu
de peur qu'il ne sacrifie trop, à la
vanité et à l'éclat, tout en croyant
ne satisfaire que sa sensibilité.

La mort réveille assez d'idées sombres pour qu'on ne cherche pas à
nous effrayer par des emblèmes trop
sinistres : l'autorité peut et doit sup-
primer ce qui lui paraîtra dangereux
dans ce genre.

On a proposé de faire entrer la
trompette dans les convois : pourquoi donc placer cet instrument
guerrier par-tout? Il rappele trop
de maux, il a d'ailleurs un son aigre
qui déchire, et il ne s'agit ici que
d'émouvoir et d'attendrir (9).

CHAPITRE II.

Des Sépultures.

CELUI qui commande à tout ce qui respire dans la nature, et qui la voit chaque jour se renouveler pour ses besoins et ses plaisirs ; cet être si fier de sa puissance et de ses lumières, qui ne parle que bonheur et ne rêve qu'immortalité ; ce composé sublime de génie et de vertus, de courage et de sensibilité ; ce demi-dieu devant lequel tout fléchit dans l'univers, et dont souvent les projets et l'ambition le troublent et le désolent ; l'homme, doit donc un jour déposer tant de grandeur et de gloire dans le sein de cette même terre qu'il semblait fouler avec dédain, et celui dont la vanité regarde les limites de ce globe comme trop resserrées , n'occupera bientôt qu'un espace dédaigné par l'infortuné qui n'a rien. Ce souverain éphémère s'irrite inutilement contre l'humiliation attachée à ce dernier instant; les arts à sa voix déploient en vain toute leur magie , l'éloquence toutes ses richesses pour lui en adoucir l'amertume par des honneurs presque divins; une main invisible dissipe ces prestiges mensongers , et déchire impitoyablement le voile qui lui dérobait ce terme si redouté. Les dieux accorderaient-ils donc à l'orgueil, ce qu'ils refusèrent tant de fois aux vœux ardens et désintéressés de la piété filiale et de l'amour !

Il serait difficile d'expliquer comment l'accomplissement d'un devoir aussi sacré , mais aussi simple que
celui

celui des sépultures, a pu chez les différens peuples, donner lieu dans leurs funérailles à tant de bisarreries, d'extravagances, je dirai plus à tant d'horreurs (10).

Ce devoir est fondé sur les lois de l'humanité et de la justice (11); la société ne peut dans aucun cas en priver un de ses membres. Cet outrage fait à la nature, déshonorerait la nation la plus féroce, et les membres épars et mutilés qui n'auraient point été recueillis, demanderaient au ciel une vengeance éclatante dont il devrait l'exemple à la terre.

Quelquefois cependant cette même société peut couvrir d'une espèce d'infamie les restes de ceux qui la troublèrent : qu'elle désigne alors dans le dépôt commun un local isolé qui les reçoive, et dont la vue inspire tant d'effroi que la seule idée d'y être déposé fasse frissonner. Pour en imposer davantage, ce cas serait le seul où je forcerais les différentes sectes à renoncer à leurs droits sur les individus de ce genre qui leur appartiendraient : cette exception terrible porterait l'épouvante et la terreur dans l'ame des méchans. Rappellerai-je l'usage atroce de refuser la sépulture aux cadavres des suicides ? j'ignore si le législateur a le droit de faire traîner impitoyablement par des animaux fougueux que conduit un homme voué à l'infamie, les restes sanglans de celui que le désespoir a rendu son propre assassin : mais, je demande aux ministres d'un Dieu de miséricorde et de paix, comment ils ont osé, en son nom, repousser du dernier asíle commun à ses frères , l'infortuné que leur dureté y a souvent conduit ? Rien ne me révolte comme un langage affectueux démenti par des cruautés que la religion n'a jamais pu commander : on accumulerait inutilement toutes les citations , toutes les autorités ; on ferait en vain parler le ciel , sa voix ne saurait se contrefaire , et l'on en abuse horriblement toutes les fois qu'on la fait entendre dictant des arrêts de mort ou d'ignominie. Ministres de tous les cultes , voulez-vous conserver quelqu'empire , sachez nous consoler. L'amour fuit devant la crainte , et sans l'amour il n'y a point de religion : adorer et aimer, voilà tous les préceptes, tous les dogmes (12).

J'ai proposé un dépôt commun assez vaste , pour que chaque secte y eût son enclos particulier , où elle

D 2

pût exercer paisiblement les cérémonies de son culte, en se soumet-
tant d'ailleurs aux règlemens faits
pour cet établissement. Le citoyen
Mulot a émis le même vœu. « Il y
» aurait peut-être plus de gran-
» deur d'ame, de noblesse, et sur-
» tout de philosophie, à laisser tous
» les cultes dans l'intérieur du même
» champ de repos, faire tour-à-tour
» leurs cérémonies particulières sur
» les morts. La porte de ces lieux
» funèbres serait pour nous celle de
» l'éternité. Nous nous tiendrions
» en deçà, et nous laisserions au-
» delà, chacun s'y présenter à
» l'Eternel avec son culte et ses
» actions. »

A ce langage, je reconnais la véritable tolérance, la seule avouée
par le cœur, et qui puisse être
agréable à l'Etre-Suprême. L'on

voudrait en vain me persuader qu'elle existe réellement là , où je vois chacun obligé de renoncer à une partie de ses habitudes ou de ses usages : je ne la croirai établie de fait que lorsque tous les citoyens indistinctement pourront se livrer sans péril et sans gêne à tous les rites , je dirai presqu'à toutes les extravagances de leurs cultes.

Chimère , me dira-t-on ; il en est des cultes comme des modes , certaines pratiques comme certains costumes provoquent le rire , et le ridicule seul s'opposerait à l'exercice de certaines cérémonies. Je conviens qu'en France cette objection a plus de poids que par-tout ailleurs; mais , je crois que cette disposition tient beaucoup à la protection particulière qu'on peut accorder à telle ou telle religion ; car alors , sans

s'en douter, on s'étaie de cette préférence qui semble assurer l'impu-
nité , et qui nous induit à penser
que tout ce qui s'éloigne de nos opinions ou de notre conduite n'est
que sottise et folie ; que le premier
imprudent, quel qu'il soit, qui trou-
blera l'ordre établi , soit puni sur
le champ et avec sévérité, personne
ne sera tenté de l'imiter.

Je voudrais que le local consacré
à cet auguste et pieux usage , fût
vaste , élevé , placé de manière à
recevoir les premiers et les derniers
rayons du soleil , et sous la direc-
tion des vents les plus frais. S'il pouvait être entouré d'eau ou traversé
par un ruisseau , s'il était dans le
voisinage d'un bois , s'il en faisait
partie, je le préférerais à tout autre.
Je prodiguerais autour de ce dernier asíle les arbres verts et tristes,

tels que l'if, le pin, le saule pleu-
reur , et le cyprès. Je placerais ,
mais sans symétrie , quelques massifs de ces mêmes arbres dans son
enceinte ; ces massifs épars seraient
liés entr'eux par des allées tortueu-
ses et couvertes , et entourés d'un
gazon toujours vert : la douce mélancolie plane sur les boccages , et
semble errer sur la pelouse ; la lumière trop vive de l'astre du jour
s'adoucit sur elle , la lumière plus
touchante de l'astre de la nuit paraît s'y refléter avec plus de charmes (13). J'aurais soin de l'écarter
des routes trop fréquentées , sans
le dérober cependant à la vue des
habitans , ni à celle du vogageur.
Une partie de nos plaisirs , notre
bonheur peut-être tient à ce que
nous ayons sous les yeux quelques
monumens qui nous rappellent notre

dernière fin ; il faut des ombres au plus beau tableau , et le plus beau jour n'est pas sans nuages. Je bannirais rigoureusement tout luxe recherché ; ces champs de repos doivent être uniformes dans tout l'empire , et le plus grand nombre des villes et des villages n'est pas celui où l'on peut les décorer avec magnificence (14).

Je regarderais comme une dépense nécessaire celle de leur clôture, c'est le seul moyen de les mettre à l'abri de toute profanation. A côté de la porte principale on construirait le logement du gardien, qui serait toujours un homme d'un âge mûr et d'une moralité reconnue. Cette place à laquelle j'attacherais des émolumens honnêtes , pourrait devenir une retraite honorable pour le citoyen peu fortuné qui serait connu pour avoir constamment rempli avec probité les devoirs de sa profession , et surtout ceux de bon fils , de bon époux et de bon père.

Je voudrais, comme je l'ai déja dit, qu'au milieu de ce champ de repos , c'est-à-dire dans le plus vaste et le plus élevé de la capitale (15) on construisît un édifice d'une architecture simple et imposante ; que cet édifice fût éclairé par une coupole de la plus grande dimension connue ; que sa distribution fût analogue aux cérémonies dont j'ai parlé , en un mot qu'à son aspect on fût pénétré d'une religieuse terreur et d'un respect involontaire. J'ai proposé une enceinte particulière pour cet édifice , et je placerais de distance en distance dans l'épaisseur de ses murs , les mausolés que la nation ferait cons-

truire pour ceux qui auraient bien
mérité d'elle. Le guerrier qui aurait
porté au dehors la gloire de ses armes, le guerrier surtout qui aurait
défendu ses fontières , ménagé le
sang de ses soldats et traité ses ennemis avec générosité ; le magistrat
intègre que la voix publique n'aurait
accusé, je ne dis pas d'aucune injus-
tice, mais d'aucune négligence dans
ses fonctions ; le ministre de tous les
cultes dont la vie aurait été un mo-
dèle des vertus qu'il aurait pré-
chées; l'artiste de génie qui aurait
reculé les bornes de son art , le philosophe modeste dont les veilles auraient préparé le bonheur des peuples; tous seraient déposés dans cette
enceinte privilégiée pour y recevoir
des hommages dignes d'eux et nourrir par leur présence l'amour sacré
de la patrie, et le noble enthousiasme

qui crée les grands talens et les grandes vertus (16).

Les corps seraient lavés et embau-
més avec le plus grand soin avant
d'être fermés dans les cercueils qu'on
déposerait dans ces mausolés : on
graverait sur la partie la plus appa-
rente des inscriptions simples qui
rappelleraient les titres des grands
hommes qu'ils renferment , à cette
distinction honorable.

J'étais tenté de proposer d'accorder le droit de sépulture dans la capitale , à ceux qui auraient rendu
des services importans à leur pays,
et je m'appuyais de l'exemple des
Romains qui l'accordèrent dans
Rome aux vestales et à quelques per-
sonnages distingués. Cet honneur eût
été infiniment rare et par conséquent
plus recherché ; mais après y avoir
bien réfléchi , je n'ai pas cru devoir

admettre cette distinction entre des hommes assez heureux pour avoir tous servi leur pays, quoiqu'il pût exister quelque différence entre l'importance ou l'éclat de leurs services.

Le citoyen Girard craint que ces tombeaux rassemblés ne fassent sur nous qu'une impression passagère. Ses craintes peuvent être fondées jusqu'à un certain point. Il me semble cependant que l'impression résultante de la réunion de tant de grands souvenirs dans un local disposé comme je l'ai dit, ne pourrait qu'être forte et durable; car je crois qu'il y a loin de l'ensemble lugubre et touchant de ce même local aux souterreins glacés et déserts du Panthéon. Les impressions que nous recevons d'un tombeau isolé sont, si j'ose m'exprimer ainsi, plus à notre portée. L'activité de notre imagination, la sensibilité de notre cœur s'épuisent sur l'homme dont nous contemplons avec intérêt les restes précieux. Ces impressions isolées au surplus doivent encore leur plus ou moins de force, leur plus ou moins de douceur aux rapports que la nature à établis entre l'être qui est regretté et celui qui le pleure : tel versera des larmes sur la tombe de l'amant de Julie, qui fixera d'un œil sec celle de l'auteur de la Henriade.

Ces tombeaux épars et isolés répandraient, j'en conviens, un grand charme sur tout ce qui les environnerait, ce charme doublerait lorsqu'ils seraient élevés au milieu des champs et consacrés aux hommes de génie amans fidèles de la simple nature. Le peintre philosophe, le peintre par excellence, a placé lui-même au milieu du paysage le plus riant et dans le pays le plus fortuné de l'univers , le tombeau d'une jeune fille que contemple avec une inquiète curiosité le couple amoureux que le hasard y a conduit. Il a gravé sur le devant cette inscription sublime et touchante , qui exprime si bien pour cet âge heureux, l'amour de la vie , la surprise et le regret de l'avoir sitôt quittée. *Et in arcadiâ ego.*

La vue du monument que je cite doit plonger l'ame dans la plus triste et la plus douce rêverie: la vue de celui que l'amitié éleva dans Ermenonville aux mânes du philosophe le plus malheureux et le moins fait pour l'etre , pénètre à la fois de respect et d'amour. O toi sublime écrivain dont le nom sera toujours cher aux ames sensibles , immortel auteur

d'Emile ! J'invoque ton ombre :
qu'elle voltige autour de moi , je
sentirai son influence : quitte un moment le séjour de paix que tu dois
habiter, il s'agit d'être utile. J'ai ta
droiture et ton cœur, ton génie me
manque , viens m'inspirer. Hélas !
si tu vivais, tu remplirais la tâche
que j'ose m'imposer , ta mâle éloquence seconderait les intentions de
tes juges , et moi-même je préférerais avec transport le plaisir touchant de te lire , à l'honneur d'être
couronné par leurs mains.

Mais ces impressions ne prennent
pas le caractère de grandeur et d'é-
lévation que leur communiquerait
la réunion imposante des monumens dont j'ai parlé. Il s'agit moins
ici de nos jouissances particulières,
que du bonheur et de la gloire de
la nation ; il s'agit de remuer , d'é-

chauffer, plutôt que d'émouvoir et d'attendrir.

Chaque secte transporterait de son temple au dépôt commun le corps de l'homme qui l'aurait honoré, elle déploierait dans ce transport, tout le luxe que comporterait le mode de ses funérailles. Les sectateurs des autres cultes augmenteraient sans doute la pompe du cortège par leur présence et sans y être invités. Le convoi serait reçu à la porte du champ de mort, par quelques fonctionnaires publics , qui l'introduiraient au milieu du silence et du recueillement : on exécuterait alors ce que j'ai proposé dans le chapitre premier.

Je ne crois pas m'écarter d'une extreme simplicité, dans tout ce que je cherche à établir : je suis convaincu que si la plupart des peuples ,

ples , n'ont pas atteint le but dans ces institutions pieuses , c'est pour avoir trop sacrifié à l'ostentation, et s'être plus occupés de la vanité des vivans, que de la gloire des morts. Le cœur doit être notre premier guide lorsqu'il s'agit de nos devoirs, et l'imagination la plus sage peut nous entraîner au delà des bornes , dès que ce n'est pas lui qui la dirige. J'en trouve un exemple frappant , chez ce peuple si vanté et si digne de l'être sous bien des rapports. Les Romains, qui étalèrent tant de magnificence et de luxe dans leurs funérailles , ces mêmes Romains, le croira-t-on, donnaient impitoyablement une sépulture commune au pauvre et au criminel. (16) L'éclat de certains hommages flatte l'orgueil de celui qui les offre ; la piété et la tendresse trouvent leur plus

E

douce récompense dans ceux qu'elles rendent secrètement aux objets de leur culte, et le voile qui semble les couvrir, n'en dérobe pas le touchant spectacle aux cœurs faits pour en sentir le charme.

En parlant des honneurs que la nation rendrait elle-même par ses chefs aux hommes célèbres dans tous les genres, il est aisé de s'apercevoir, que je laisse à chaque secte le soin de décorer son enclos particulier, et la liberté d'adopter le mode de funérailles qui lui conviendra : il ne m'appartient pas, et peut-être n'appartient-il à personne de rien prescrire relativement à ces deux objets.

CHAPITRE III.

Des sépultures particulières.

FIDÈLE aux grands principes de liberté que j'ai adoptés, je ne prescrirai rien aux différentes sectes quant aux sépultures particulières, leurs usages civils et religieux s'y opposent. Je proposerai simplement ce qui me paraîtra le plus convenable, j'exprimerai mon vœu d'après ma manière de voir et de sentir, sans vouloir assujettir personne à voir et à sentir comme moi. Nous adoptons rarement les idées des autres lorsqu'ils veulent les propager à tout prix, quelque fois nous nous les approprions lorsqu'elles semblent jetées au hasard.

E 2

Dans le nombre des devoirs que nous avons à remplir , il en est dont l'accomplissement flatte notre amour - propre , sans intéresser notre sûreté; d'autres satisfont notre cœur , mais ne doivent être payés d'aucun retour. Celui dont je vais parler encore , est de tous ceux qui nous sont imposés , le plus doux comme le plus sacré, le plus généreux comme le plus profitable. L'homme en le rendant à son semblable l'attend également de lui , et les témoignages de tendresse ou de respect dont il l'accompagne , lui seront prodigués à son tour. C'est un échange de sentimens qui ne demande point de reconnaissance , c'est un tribut d'hommages de génération à génération , et le lien précieux qui semble les unir toutes. (17)

Nous voyons dans l'antiquité les patriarches demander à être déposés ou transportés, même de très-loin, dans le tombeau de leurs ancêtres : ce desir de se réunir à tout ce qu'on aima, dut être plus vif alors que les mœurs étaient plus simples. L'ambition et l'avarice n'avaient point encore dispersé les membres d'une même famille, et l'on ne croyait pas alors prouver son amour pour ses semblables, en fuyant ses proches et ses amis. Sublime philosophie de nos jours ! ta philantropie universelle est loin de nous faire goûter le charme attaché à ces affections privées : l'éclat de tes promesses nous fait voir mille bras ouverts et disposés à nous recevoir, il ne m'en faut que deux qui sachent me presser. L'épouse adorée et le fils chéri dont je suis aimé feront toujours plus pour mon bonheur que le reste de l'univers : s'ils doivent me survivre et me pleurer ensemble , leurs larmes seront du moins sincères , et cet hommage obscur est à mes yeux d'un bien autre prix que les monumens les plus fastueux.

Les hommes des premiers âges du monde ont voulu être inhumés. Leur vœu me paraît être celui de la nature , et je rejette tout autre mode de sépulture. Les différens peuples se sont livrés successivement dans ce genre , aux actes les plus bisarres et les plus révoltans ; on ne peut que s'en étonner, je le répète , dans l'accomplissement d'un devoir aussi simple. (18) Rentrons dans le sein de la terre puisque nous en sommes tous sortis : que l'épouse fidelle , que le fils recon-

naissant y déposent les objets sacrés
de leur amour et de leur vénération!
qu'ils puissent l'un et l'autre dispo-
ser de cette portion la plus pré-
cieuse de leur héritage! Que chacun
ait la liberté de choisir et d'orner
le lieu où il élévera un monument
à ceux qu'il regrette ! que ces fonctions augustes soient indépendantes
de toute surveillance! la nature elle-
méme semble suspendre sa marche
pour ne pas les troubler , et le ciel
sourit à ce pieux spectacle (19).
L'ordre public exige cependant ,
que toutes les précautions nécessaires soient prises , pour que la salu-
brité de l'air ne soit point altérée ;
il sera facile de déterminer ce qui
peut l'assurer en pareil cas , et
personne ne se refusera à le pra-
tiquer (20).

Je pense que la nation a le droit

de réclamer les corps des grands hommes. La tendresse qui pourrait disputer cette propriété à la reconnaissance, ne saurait être étrangère à l'amour sacré de la patrie, et la douleur se tairait devant la gloire. Cette exception laisse aux droits dont j'ai parlé plus haut toute leur vigueur, et je les regarde comme sacrés et imprescriptibles. Ils deviendront bientôt une source de morale et d'économie, en attachant la nation au sol qu'elle cultive. On a cet avantage lorsqu'on donne aux peuples des institutions simples et sentimentales, de les leur voir saisir avidement, et suivre avec joie. Qu'il serait fort le gouvernement qui n'aurait à surveiller l'exécution que de semblables lois. (21)

Combien de monumens simples, et touchans par leur simplicité

même, s'élèveraient au milieu de
nos villes (22) et surtout au milieu
de nos campagnes! les lieux qu'on
néglige, qu'on évite presque, de-
viendraient autant d'asîles recher-
chés; les plus agrestes, les plus
sauvages ne nous paraîtraient que
mélancoliques, et nous verrions
bientôt le coin le plus obscur et le
plus silencieux d'un désert, trans-
formé par les soins de la reconnaissance ou de l'amour, en un sanc-
tuaire auguste et inviolable. L'é-
pouse fidelle viendrait y pleurer
l'époux qu'elle aurait perdu; elle
y conduirait son jeune fils, image
vivante de celui qu'elle regrette:
de combien de larmes elle arrose-
rait, en la pressant contre son sein,
cette innocente créature qui lui
sourit, et que la douleur de sa mère
ne fait qu'étonner; être heureux

pour qui les caresses sont tout,
et qui ne peut comprendre autre
chose, sinon qu'il est aimé! Comme
elle lui apprendrait à se prosterner,
à joindre ses petites mains, et à
demander au ciel pour leur ami
commun, tout le bonheur qu'il aurait voulu leur donner!

La vue de ces monumens que
nous rencontrerions à chaque pas,
nous familiariserait avec l'idée
de la mort; elle nous délivrerait
insensiblement des larves, des
spectres, des fantômes, des re-
venans que la crédulité et la su-
perstition ont tirés des tombeaux,
et qui troublent les jouissances de
notre premier âge. Au milieu
des occupations et des plaisirs de
la vie, nous fixerions nous-mêmes
l'endroit où nous voudrions être
déposés; nous serions moins faibles

lorsqu'il faudrait la quitter, et notre dernier asîle deviendrait le rendez-vous de tout ce qui nous fut cher : celui là n'a pas vécu heureux qui ne meurt pas regretté. (23)

Comme on profiterait de tous les sites, de toutes les expositions! on serait moins à plaindre en plaçant l'objet de ses affections dans une retraite paisible à l'abri de l'excessive chaleur, et de l'extrême rigueur du froid! (24) Comme chacun ornerait à l'envi la tombe de son ami ou de son bienfaiteur! (25) Comme il lui prodiguerait les libations, les parfums, les guirlandes de fleurs, comme il les renouvellerait souvent ! Ah disons-le, la tendresse comme le génie se sont toujours surpassés dans ces tristes devoirs! (26)

Ce serait ici le cas de parler des fêtes funèbres. On pourrait en distinguer de trois sortes. Les premières seraient consacrées à la mémoire des grands hommes, et célébrées chaque année dans le temple dont il est question au chapitre II. Le gouvernement en fixerait l'époque et en ferait les frais. Les secondes auraient lieu dans les temples affectés à chaque secte. Les troisièmes seraient une espèce de culte concentré dans l'intérieur des familles.

Je desirerais que dans le premier cas, la nation déployât un appareil imposant. Le chef chargé de la représenter prononcerait un discours; le plus simple deviendrait dans sa bouche un éloge sublime, car les grands hommes ne sont dignement loués que par les grands hommes. Tous les parens des familles illustrées seraient convoqués spécialement, et traités avec quelque distinction.

Dans le second cas je n'ai rien à prescrire, chaque secte étant indépendante quant à ses usages religieux.

Porterai-je un œil indiscret sur les hommages privés, rendus aux mânes des morts dans leurs propres foyers, à Dieu ne plaise! c'est là je le sais, que se répandront les larmes les plus douces et les plus sincères; de combien de regrets ces asíles modestes deviendront les confidens et les témoins! qu'ils retentiront de fois des sanglots et des soupirs de l'épouse éplorée et de l'amante éperdue! heureux mille fois heureux celui qui leur coûte quelques larmes! il faut en avoir été aimé pour croire qu'on a vécu. Laissons à ces êtres sensibles les soins qu'exigent ces tristes devoirs; les monumens élevés par leur ten-

dresse, et qu'auront ornés leurs dé-
licates mains, seront toujours des
modèles de sentiment et de goût.

Les catholiques ont deux fêtes
extrémement imposantes, et de la
moralité la plus religieuse. La première est celle des saints, dite de
la Toussaint, la seconde celle des
morts : j'y ajouterai une cérémonie
qui leur est particulière, celle de
la distribution des cendres. (27) Je
ne connais rien dans les autres cultes
d'aussi simple et d'aussi touchant.
Je forme les vœux les plus sincères pour le maintien de ces usages
pieux , et il serait à desirer qu'ils
fussent généralement adoptés par
les autres sectes , quelques modi-
fications qu'elles y apportassent.

Ces fêtes et ces cérémonies, ainsi
que celles pratiquées autour des
mourans , ont pris quelquefois un

caractère trop lugubre , lorsqu'elles
ont été dirigées par des gens sombres
et chagrins , et surtout dans ces retraites inaccessibles à la douce joie
et aux sentimens trop tendres , où
trop souvent le caprice ajoutait à
l'austérité de la règle ; comme si la
vue d'une victime plus souffrante ,
eût allégé le fardeau qu'on s'était
imposé volontairement , et auquel
on ne pouvait plus se dérober. (28)

Qui n'a pas gémi sur le sort de
ceux que des ordres absolus , ou un
dépit violent , plongeaient dans ces
réduits obscurs d'où l'on ne devait
jamais sortir ? Combien l'affreuse
prédilection de parens dénaturés
n'a-t'elle pas entassé d'infortunés
dans ces prisons d'autant plus ter-
ribles que leur rigueur semblait
consacrée par la religion elle-même !
Combien d'hommes aimables ont

couru y ensevelir leur jeunesse et leurs talens! Combien de femmes sensibles y ont été traînées, et ont vu flétrir par degrés dans la douleur et le désespoir les charmes qu'elles avaient reçus de la nature! Combien parmi elles de malheureuses victimes de l'amour! (29) Que de soupirs, que de larmes, que de desirs, que de transports il a fallu étouffer! Quel horrible état que celui où l'on ne voit d'autre remède à ses maux que la mort! Et quelle mort grands Dieux! Celui-là peut encore éprouver quelque consolation, dans ces derniers instans si redoutables à la fragile humanité, qui se voit entouré de ses proches, de ses amis; qui peut sans crime épancher son cœur, et pour la dernière fois sourire à ce qu'il aime; il est moins malheureux surtout, celui qui termine sa car-

rière

rière dans les lieux qui l'ont vu naître, et environné des mêmes objets qui frappèrent les premiers regards de son enfance. Mais quel dut être le supplice de celui qu'on força de s'expatrier, et que ses parens regardèrent à la fleur de son âge comme un être déplacé dans leur famille, et de trop dans la nature ; de celui qui courbé toute sa vie sous le joug de l'austérité, ne s'abreuva que de larmes, et ne put arracher de son triste cœur le souvenir d'un bonheur pour lequel il était né, et qu'il jura lui-même de ne goûter jamais ? Et de qui meurt-il entouré ? Qui va recevoir son dernier soupir ? Ce n'est point un père sensible, une mère tendre, ce ne sont pas des frères et des sœurs qui le chérissent, ce ne sont point des amis ; oh ! ce n'est point une femme adorée dans la-

F

quelle il va revivre , et sur laquelle
il jette un dernier regard de douleur
et de tendresse : mais il est investi ,
assailli par des êtres presqu'insensibles par devoir et par habitude ;
on multiplie sous ses yeux les images
les plus lugubres ; il n'attend de consolation que de ceux même qui le
persécutèrent ; il s'agite en vain , il
est abandonné par toute la nature ,
et il exhale sa vie en sentant toute
l'horreur de la destruction. Comment se peut-il qu'on ait eu la mala-
dresse et la barbarie, d'accabler nos
derniers instans de deuil et d'opres-
sion ? Comment s'est-on plu à ré-
pandre la terreur et le désespoir ,
dans l'ame de ceux qui passaient de
cette terre d'exil dans une vie plus
heureuse ? A-t-on pu nous peindre
comme un despote fougueux le
maître de nos destinées ? Et quand

nous allons nous dépouiller de cette enveloppe grossière, et rentrer dans son sein paternel, pourquoi l'a-t-on toujours représenté disposé à nous repousser? Aveugles humains! n'accusez personne de vos maux, vous êtes vos premiers bourreaux.

Je ne dirai rien des deuils, il serait à desirer que nous y revinssions en les dégageant de tout ce que la vanité y avait ajouté : elle devait ce semble s'arrêter là ou s'engloutit tout ce qui peut la nourrir. Je laisse aux ministres de chaque culte le soin de rappeler ceux qu'ils dirigent à ce devoir trop négligé.

Quant aux épitaphes et aux inscriptions, le gouvernement se chargera de celles à placer sur les mausolés des grands hommes auxquels il aura rendu les derniers hommages : la tendresse et la reconnaissance auront bientôt créé celles qui devront orner des tombes plus modestes.

Liberté , tolérance ! noms sacrés tant de fois profanés , quand descendrez - vous au milieu de nous ? Votre empire ne s'établit que par le concours de la puissance et de l'amour. Les chefs des nations peuvent vous accueillir et vous protéger, c'est aux peuples à vous fixer. Puisse l'homme de génie qui a sauvé notre malheureuse patrie, lui donner enfin cette paix tant desirée qui manque seule à notre bonheur et à sa gloire ! Avec elle le Français redeviendra tout ce qu'il fut jamais, et l'Europe étonnée et jalouse ne verra bientôt sur cette terre favorisée des Dieux, qu'un père généreux et des enfans reconnaissans.

NOTES.

(1) Lorsque ce rapport fut annoncé dans les papiers publics, je cherchai à me le procurer : quelques jours après je le reçus par les soins d'un des rédacteurs d'un journal très-répandu et très-estimé. Je jetai quelques idées sur le papier et je les classai, à peu de chose près, dans l'ordre où je les présente aujourd'hui. En les rapprochant des trois discours que je me plais à citer, j'ai eu lieu de me convaincre que les gens qui sentent, peuvent et doivent se rencontrer souvent ; et surtout que j'étais loin de pouvoir disputer à leurs auteurs, les honneurs d'un triomphe littéraire. La marche que j'ai suivie s'écartait d'ailleurs des lois du concours, et j'y tenais.

(2) Il paraît naturel d'attribuer l'origine de toutes les idées religieuses aux progrès lents de la raison humaine ; alors il faut en conclure que le théisme ne fut pas la première religion, mais le polythéisme ; Hume le pensait ainsi.

J. J. Rousseau partage cette opinion.
« Nous n'avons pas pu, dit-il, généra-
« liser nos idées et concevoir des esprits. »

(3) Cet avantage doit se réduire à bien peu de chose pour ceux qui se jouent de tout ; il ne sera pas non plus d'un grand poids aux yeux des gens irréfléchis, qui auront peine à concevoir comment l'habitude donne tant de valeur à certaines choses. Nos sentimens les plus doux, nos plaisirs les plus vifs, lui doivent cependant leur plus grand charme : c'est elle qui nous rend nos devoirs moins pénibles, c'est elle peut-être qui nous les fait quelquefois chérir. Pourquoi l'homme sensible forcé de vivre loin des lieux qui l'ont vu naître, est-il si délicieusement ému, je ne dis pas quand il a le bonheur de les revoir, mais seulement lorsque son imagination, ah ! disons mieux, lorsque son cœur les lui rappelle ? Pourquoi ce berger dont la vie est si pénible et si monotone, préfère-t-il son triste village à la ville voisine qu'on lui vante ; son repas plus que frugal à la nourriture plus recherchée qu'il pourrait se pro-

curer en servant d'autres maîtres ? Dans les ménages les moins assortis , dans ceux même que la présence d'un enfant n'embellit pas, pourquoi les deux êtres qui le composent se deviennent-ils nécessaires , malgré l'espèce de guerre continuelle dans laquelle ils vivent ? Comment se fait-il , que s'entendant presque toujours si mal , ils se consolent si efficacement dans leurs peines , et se secourent avec un empressement, qu'ils ne rencontreraient pas dans leurs amis les plus dévoués ? L'habitude explique tout cela : c'est elle qui engendre la douce familiarité sans laquelle il n'y a point de bonheur , et surtout point de véritables consolations. L'empire de cette habitude dans les pratiques religieuses , est une espèce de despotisme que nous exerçons, sans nous en apercevoir, sur nous-mêmes , et qu'il est difficile d'apprécier. Ne serait-il pas plus sage d'en tirer parti , que de le heurter , et de vouloir l'anéantir en le ridiculisant. Nous suçons avec le lait nos premiers principes de morale, nos yeux à peine ouverts à la lumière sont frappés par certains actes qui se répètent chaque jour, notre enfance y est continuellement exercée, nous les respectons presque malgré nous pendant notre jeunesse, et dans un âge plus avancé nous les conservons comme une partie de l'héritage de nos pères. L'homme de toutes les sectes invoque dans ses peines le dieu qu'il adore ; lorsque tout le repousse il va gémir dans les temples qui lui sont consacrés ; c'est en son nom que le pauvre mille fois rebuté demande encore avec confiance ; et lorsque l'instant redoutable de la destruction approche, nous croyons voir ses bras ouverts, et nous nous y précipitons. Quand tout cela ne serait qu'erreur, que folie, que chimère, encore faudrait-il en nous l'enlevant mettre quelque chose à la place, et quelque chose de mieux qui pût nous séduire au point de ne pas laisser naître un seul regret.

(4) Les ministres de chaque culte auraient des registres authentiques, sur lesquels ils inscriraient soigneusement les nom, prénom, âge, qualité ou profession

des individus décédés : l'heure, le jour de leur décès et celui de leur transport au dépôt commun. Chaque mois ils seraient tenus de fournir aux autorités un double certifié et visé de ces registres.

(5) Pour éviter des distinctions toujours humiliantes, et qui éloignent sans cesse les hommes les uns des autres, je voudrais que tous les corps, exposés ou non exposés à la porte du domicile, fussent portés dans un délai fixe au temple affecté à la secte dont le défunt était membre.

(6) Laissons à chaque secte son mode de funérailles, cela est juste, politique, bien vu. C'est en rendant tout uniforme par force que nous avons supprimé les contrastes et les oppositions auxquels a succédé une froide monotonie : nous avons dérangé l'harmonie du grand tableau, même en faisant disparaître ses défauts.

(7) J'étais tenté de proscrire rigoureusement tout luxe dans les funérailles : d'abord parce que les riches ne forment pas la majorité, et qu'en proposant une

institution quelconque c'est elle qu'on doit avoir en vue ; ensuite parce que le pauvre doit être humilié surtout dans des cérémonies de ce genre, lorsqu'il voit que tout tend à lui rappeler sa misère. Mais j'ai réfléchi que cette dépense tournait en partie au profit de ce même pauvre, et que d'ailleurs il avait sans cesse sous les yeux le spectacle fatiguant de cette inégalité, à laquelle il devait se soumettre, puisqu'elle est dans l'ordre de la société.

(8) Comment le Cit. Girard qui sent si profondément, a-t-il oublié dans ce morceau intéressant de parler de la cloche de ce même hameau, balancée inégalement dans les airs, et portant par son lugubre frémissement dans l'ame de ces tristes villageois, tout à la fois une religieuse terreur et la plus douce pitié ! ce rapprochement n'eût pas nui à ce tableau mélancolique dont son cœur a fait tous les frais ; il en eût peut-être augmenté le charme.

L'habitude, je l'ai déja dit, ajoute à nos jouissances. Nos plaisirs, nos peines semblent se renouveler, lorsque nos sens sont

frappés par la vue ou le son des objets inanimés , destinés à nous annoncer ou à
nous représenter les évènemens qui les pro-
duisirent. Qui n'a pas frissonné involontai-
rement au bruyant éclat de l'airain sus-
pendu annonçant une victoire ou une fête ?
Qui n'a pas été délicieusement ému dans
la nuit par les sons prolongés de ce métal
sonore , lorsqu'apportés de loin par un vent
brûlant et impétueux , ils semblaient arri-
ver au milieu du silence et des ténèbres ,
pour surprendre l'homme du monde las
de plaisirs ou dévoré d'ambition , et lui
rappeler qu'au même instant quelques so-
litaires excédés d'austérités , se dérobaient
avec joie au sommeil pendant que la nature entière reposait , pour dédommager
ce semble l'Éternel des hommages que ses
enfans étaient obligés d'interrompre ?

Parmi ceux qui ont aimé, combien peut-
être au même instant ont mieux senti leur
bonheur, en songeant à l'Être adoré qui le
leur avait donné ! la femme sensible qui
avait été faible , faisait quelque retour sur
elle-même ; son sein se soulevait , ses lar-

mes coulaient au souvenir de sa première innocence; elle se rappelait avec attendrissement les compagnes de son enfance, qui avec plus de charmes et de talens s'étaient enfouies dans ces retraites inaccessibles; elle soupçonnait alors que la vertu pouvait avoir ses plaisirs, et l'amour pour la premiere fois lui paraissait moins séduisant.

(9) Le Cit. Girard cite les Athéniens qui faisaient marcher le convoi d'une jeune fille aux accents mélancoliques de la flûte : il nous compare à ce peuple instruit et délicat, et il répand sur cet article un charme qui entraîne : en le lisant je serais tenté de proposer la même chose, mais je me dérobe pour ainsi dire aux douces impressions qu'il me communique, pour revenir toujours à cette simplicité dont je pense qu'il est essentiel de ne pas s'écarter.

D'abord le Cit. Girard est trop familier avec l'antiquité pour ne pas sentir tout ce que je pourrais lui dire sur ce rapprochement des Athéniens avec les Français du dix-huitième siècle, et surtout de la fin du dix-huitième siècle. Quant au convoi d'une jeune fille dans lequel cet instrument mélancolique pourrait n'être pas déplacé, en supposant encore qu'elle fût belle; (car il faut tout cela pour inspirer le genre d'intérêt qui résulte du morceau que je cite) il conviendra, que dans mille autres circonstances , cet instrument paraîtra bien froid pour ne rien dire de plus, dès que les mêmes souvenirs et le même prestige, ne rendront plus sa voix aussi touchante.

(10) Croira-t-on que chez les Natchez, nation sauvage de la Louisianne, quand une femme chef, c'est-à-dire, noble ou de la race du soleil meurt, on étrangle douze petits enfans, et quatorze grandes personnes pour être enterrés avec elle. Achille tua douze jeunes Troyens sur le bûcher de Patrocle. Quel hommage !

(11) Thomasius et quelques autres estiment qu'en refusant la sépulture dans certains cas, on ne blesse ni l'humanité ni la justice : Platon et plusieurs philosophes après lui, ne pensaient pas ainsi.

(12) Chez les Romains ceux qui avaient été déclarés infâmes , étaient enterrés à l'écart avec la permission du magistrat : on lisait ces mots *tacito nomine* sur les inscriptions des sépulcres qui leur étaient destinés.

(13) Pour être tenté de donner un plan d'élysée, il faudrait n'avoir jamais lu celui qu'a tracé le Cit. de St.-Pierre. Tout ce que la plus brillante imagination , et la sensibilité la plus exquise , peuvent accumuler de charmes , se trouve réuni dans ce morceau mille fois cité et qu'on ne se lasse point de relire. Si jamais ce plan se réalisait, l'auteur du projet doit y obtenir une place : Paul et Virginie la sollicitent pour lui , et il serait difficile de refuser quelque chose à deux enfans aussi aimables.

(14) En France les cimetières offraient à-peu-près par-tout le même coup-d'œil. Quelques clôtures de murs ou de haies vives, une herbe épaisse et élevée sur un terrein très-inégal , quelques croix éparses autour de la croix principale , voilà à.

quoi se bornait leur décoration; c'était ce semble de toutes les manières et sous tous les rapports, le terme de notre vanité. En Allemagne les champs de repos ne sont pas plus ornés, cette simplicité en fait le charme, et c'est elle sans doute qui inspira Goethe, lorsqu'il fait dire au malheureux Werther, traçant quelques dernières lignes à la trop sensible Charlotte. « Lorsque sur le soir d'un beau jour » d'été tu graviras la montagne, souviens- » toi de ton ami; souviens-toi combien » de fois je parcourus cette vallée : re- » garde de-là vers le cimetière, et que » ton œil voie comme le vent berce l'herbe » élevée qui environne ma tombe éclairée » par les derniers rayons du soleil. »

(15) C'était ici le cas de parler des femmes célèbres : jai cru servir leur sexe en les dérobant à l'éclat de ces hommages pompeux. S'il est vrai que par fois un demi-jour favorise leurs charmes, il ne l'est peut être pas moins qu'une douce obscurité fait valoir leurs talens et leurs vertus; leur véritable gloire est d'être

associées à la nôtre. La modeste Cynthie n'est jamais plus touchante qu'à travers les nuages légers qui la couvrent, elle n'est pas moins séduisante pour emprunter sa douce lumière de l'astre du jour.

O vous dont le souvenir rappelle tant de vertus et de charmes ! Chaste Laure, sensible Héloïse ! c'est en vous dérobant aux hommages que vous les avez tous obtenus, et l'Amour s'est chargé du soin de votre gloire. Vos noms unis à ceux du malheureux Abailard et du fidèle Pétrarque passeront d'âge en âge aux siècles les plus reculés : la tendresse cé-lébrée par le génie est immortelle comme lui.

(16) Je suppose qu'il faudra établir plusieurs dépôts communs dans la Capitale; sa population et son étendue l'exigent.

(17) Chez les Romains les exquilies étaient le lieu destiné aux exécutions des criminels, et on y enterrait les pauvres.

Hoc miseræ plebi stabat commune sepulchrum.

Horat. lib. 1°. saty. 8.

(18) Quel dut être le désespoir de l'infortuné

l'infortuné qui vécut seul dans un désert,
et qui mourut avec l'affreuse certitude
d'être privé de ces derniers hommages !
Je me sens déchirer lorsque je me représente cet être isolé, privé de tous secours
et de toute consolation; succombant sous
le poids de ses maux, les yeux fixés sur
le ciel qu'il invoque, et ne pouvant les
porter sur ce qui l'environne, sans frissonner d'horreur, à la vue des animaux
affamés qui épient ses mouvemens, et
qui vont se disputer ses membres encore
palpitans. Je le vois luttant avec la mort,
et rendant le dernier soupir au milieu
des convulsions, au milieu du silence de
la nuit, et à la pâle lueur de l'astre qui
l'éclaire, et dont un rayon tremblant vient
frapper son cadavre. L'écho répète tris-
tement le cri aigu que pousse ce malheureux, et je crois l'entendre retentir dans
mon sein. Que pourrait de plus la vengeance céleste sur l'impie audacieux,
ou le profanateur emporté qui l'auraient
bravé mille fois !

(18) On a proposé d'embaumer tous

G

les corps, ou de les brûler, et de fabriquer des bustes avec leurs cendres vitréfiées. « Ce délire sentimental, « dit le citoyen » Amaury-Duval, » est bien différent de la » vraie sensibilité . . . . . rêves que tout » cela . . . . . Il dit ailleurs brûler un » corps; je ne sais rien qui répugne davan- » tage à tous les sentimens doux et hu- » mains. » Il a grandement raison.

Cet usage eut de la peine à s'établir chez les Romains, parce que Numa Pom- pilius défendit qu'on brûlât le sien; du moins c'est la raison qu'en donnent les historiens. Je serais plutôt tenté de croire que cette espèce de résistance de la na- tion, a pris sa source dans une répugnance naturelle pour cet usage.

(19) Lorsque nous confions un corps à la terre , évitons de le surcharger immé- diatement. Les Turcs que nous traitons de barbares s'en abstiennent soigneusement. Chez les anciens nous trouvons par-tout ces mots ; *sit tibi terra levis.* Je desirerais encore que les corps fussent portés sur

les| épaules; on sent tout ce que cette manière de les transporter a de moral et de touchant.

On a adopté des chars peints en noir et traînés par des chevaux drapés. J'ai eu lieu d'observer qu'ils font peu d'impression sur ceux qui s'arrêtent pour les examiner. J'ai vu les enfans se jeter dedans et se jouer avec cet appareil qui ne saurait en imposer sans préalables. On est arrivé sans doute au dernier degré d'immoralité et par conséquent d'avilissement lorsqu'on se joue des choses les plus lugubres. Insensés ! la nature attentive avait attaché quelques douceurs à l'accomplissement des devoirs les plus tristes.... nous la bravons.... elle se venge.

Ceux qui gouvernent les hommes n'ignorent pas que pour goûter telle institution il faut des mœurs : que le retour aux mœurs suppose un goût pur qu'on a perdu avec elles; que si les mœurs se corrompent par degrés, elles ne peuvent de même s'épurer que par degrés. Qu'ils en concluent donc, que ces belles institutions , que ces fêtes, que ces monumens, en un mot que les meilleures et les plus belles choses, ne sauraient être senties et appréciées, et par conséquent atteindre leur but, qu'après le retour des sentimens qui peuvent nous les faire aimer. Tous ces établissemens flattent ceux qui les commandent (et dont je crois les intentions pures); ils séduisent d'abord ceux auxquels on semble les consacrer, mais au vrai, ils ne consolent, ils ne soulagent personne. Que veut dire cette affiche sur les sépultures, dont le préambule est très-grave, et dont le motif excite la pitié pour ne rien dire de plus? Malheur au peuple chez lequel pareille institution devient, à sa naissance, une spéculation de commerce.

(20) Chez les Chinois on ne peut enterrer les morts dans les villes, il est même défendu de les traverser avec les corps qu'on transporte d'une province à l'autre; mais ils peuvent les garder dans leurs maisons plusieurs mois, et même plusieurs années. Il faut croire que c'est en prenant les précautions que j'exige : s'il en était

autrement, les lois que je cite, impliqueraient une contradiction, qui tiendrait de l'extravagance ou de la stupidité, et je parle d'un peuple dont on vante la sagesse.

(21) On tient beaucoup, quelque rôle qu'on joue ailleurs, à vivre un peu dans son pays, et surtout à y mourir. Destinés à occuper un très-petit espace dans ce vaste univers, la nature devait nous le faire aimer quel qu'il fût.

(22) Je permettrais de garder les corps de leurs parens à ceux qui auraient des jardins, ou un espace de telle dimension que je fixerais.

(23) Qui sait si le triste égoïsme ne disparaîtrait pas devant le charme de ces institutions consolantes ! Nous aurions bientôt moins de célibataires.

(24) C'est une grande affaire pour les Chinois de trouver un endroit qui leur soit commode après leur mort ; il y a des chercheurs de sépulture de profession : ils courent les montagnes, et lorsqu'ils ont découvert un lieu où il règne un vent

frais, ils viennent en donner avis aux gens riches qui souvent leur accordent des récompenses excessives.

(25) Les artistes seraient souvent bien étonnés de trouver le sublime de leur art, dans des monumens élevés par le simple sentiment.

(26) Écoutons Virgile faisant l'éloge d'un jeune prince, l'espoir et les délices d'un grand peuple, et ravi à la fleur de son âge, à l'amour et à l'admiration de l'univers.

> O Nate ingentem luctum ne quære tuorum :
> Ostendent terris hunc tantum fata, neque ultra
> Esse sinent . . . . .

Comme il peint la grandeur future de cette Rome déja si puissante!

> Tu regere imperio populos, Romane, memento,
> (Hæ tibi erunt artes) pacisque imponere morem,
> Parcere subjectis et debellare superbos.

Et plus loin.

> Heu miserande puer ! Si qua fata aspera rumpas,
> Tu Marcellus eris.

L'amour de la patrie et la douleur,

parlèrent-ils jamais un langage plus sublime et plus touchant ? tout le monde sait qu'Auguste fut ému jusqu'aux larmes et qu'Octavie s'évanouit à ces mots *tu Marcellus eris.*

La douce mélancolie attachée ce semble exclusivement à ces derniers devoirs, respire dans ces vers du tendre Tibulle à Délie.

> Te spectem , suprema mihi cum venerit hora ;
> Te teneam moriens, deficente manu.
> Flebis et arsuro positum me , Delia, lecto ;
> Tristibus et lacrymis oscula mixta dabis.
> Flebis . . . . .

S'il veut fléchir Némésis , c'est la même sensibilité qui s'exhale.

> Parce , per immatura tuæ precor ossa sororis :
> Sic bene sub tenera parva quiescat humo.
> Illa mihi sancta est, illius dona sepulchro
> Et madefacta meis serta feram lacrymis.
> Illius ad tumulum fugiam , supplex que sedebo ,
> Et mea cum muto fata querar cinere.

La tendresse conjugale , la tendresse maternelle sont empreintes dans ces vers tirés de l'Élégie IIe. du 4e. livre de Properce. Ce sont les adieux de Cornélie à

Paulus. Les anciens et les modernes n'ont peut-être rien à opposer à ce morceau.

Cornélie regrette la vie à laquelle elle avait tant de droits.

> Quid mihi conjugium Pauli ? quid currus avorum
> Profuit ? aut famæ piguora tanta meæ ?
> Num minus immites habuit Cornelia parcas ?
> En sum quod digitis quinque levatur onus.

C'est bien le cœur d'une mère qui a dicté ces vers.

> Nunc tibi commendo communia pignora natos.
> Hæc cura et cineri spirat inusta meo.
> Fungere maternis vicibus pater, illa meorum.
> Omnis erit collo turba ferenda tuo.
> Oscula cum dederis tua flentibus , adjice matris.
> Tota domus cœpit nunc onus esse tuum.
> Et si quid doliturus eris , sine testibus illis ,
> Cum venient , siccis oscula falle genis.
> Sat tibi sunt noctes . . . . . .

Quelle délicatesse lorsqu'elle recommande à ses enfans de respecter le nouveau choix que pourrait faire leur père ! Tout ce que cette idée a de déchirant pour elle, perce à travers ces avis généreux.

> Seu tamen adversum mutarit janua lectum
> Sederit et nostro cauta Noverca toro ;

Conjugium, pueri, laudate et ferte paternum.
Capta dabit vestris moribus illa manus.
Nec matrem laudate nimis; collata priori
Vertet in offensas libera verba suas.

Son sein semble moins oppressé, quand
elle se persuade que Paulus respectera sa
mémoire et sera fidèle à son ombre : oh
comme alors elle les invite à redoubler
de soins et d'amour !

Seu memor ille mea contentus manserit umbra,
Et tanti cineres duxerit esse meos,
Discite venturam jam nunc sentire senectam,
Cælibis ad curas nec vacet ulla via.

Elle finit par se féliciter de n'avoir eu
à pleurer aucun des siens.

Quod mihi detractum est, vestros accedat ad annos.
Prole mea Paulum sic juvat esse senem.
Et bene habet, nunquam mater lugubria sumpsi.
Venit in exequias tota caterva meas.

Je m'arrête à regret, mais j'ai déja dé-
passé les bornes d'une note.

(27) Le Cit. Girard voudrait faire entrer
cette utile cérémonie dans nos fêtes funèbres; je n'adopterai pas le mode de distribution qu'il propose, ni la formule qu'il

substitue à celle usitée chez les catholiques.

Il veut d'abord que les cendres soient
présentées par l'officier qui présidera ces
fêtes. Je lui observe que cette cérémonie,
pour conserver son caractère et son influence, doit être une cérémonie religieuse, et dès-lors il faut un ministre.
Ce mot *présenter*, annonce la suppression
du mode de cette même cérémonie. On
sait que le ministre prenait une petite
quantité de cendres, et qu'il cherchait
à en laisser les traces sur le front de celui
qui s'humiliait devant lui, en figurant
par les mouvemens de ses doigts le signe
favori de son culte. C'est une espèce d'acte
d'autorité qu'exerce un homme qu'on a
l'habitude de respecter, et qui a le droit
de nous dire : vous n'êtes que poussière
et vous redeviendrez poussière, puisqu'il
a été témoin de notre faiblesse et de notre
misère à notre naissance, et qu'il doit
l'être encore à notre mort.

Quant à la formule, *memento homo
quia pulvis et in pulverem reverteris,*

à laquelle le Cit. Girard substitue ces pa-
roles : « Voilà ce que sont devenus ceux
» qui, avant vous, ont possédé cette terre.
» Vous passerez à votre tour ; mais le
» souvenir de vos vertus restera parmi les
» hommes. Allez, n'oubliez pas que leur
» reconnaissance est le premier titre au
» bonheur à venir. »

Je pense que sa simplicité et son éner-
gie doivent la faire conserver.

(28.) On est intolérant et persécuteur
dans tous les genres, en proportion de
son ignorance, et du petit nombre de
jouissances qu'on peut se procurer, et
surtout en proportion des privations qu'on
s'est imposées volontairement.

(29) Victimes dévouées dès qu'elles peuvent sentir, la plus aimable, la plus vertueuse est presque à la merci de celui qui
voudra la condamner à des pleurs éternels.
La jeunesse, les grâces, les talens, tout
ce qui donne tant de droits au bonheur,
devient la source de leur misère. Soumises
dès l'enfance, destinées à l'être toute leur

vie, rarement peuvent-elles suivre les mouvemens de leur cœur. Les préjugés, l'intérêt, l'ambition, toutes les passions se réunissent, pour semer leurs plus beaux jours de dégoûts et de regrets. Elles deviennent par leur faiblesse, ou plutôt par leur douceur, les tristes jouets de nos vices et de nos perfides usages. Nous ne parlons que de leur empire, sans y croire; elles sont nos esclaves, sans s'en douter. Leur générosité nous épargne des plaintes, la retraite nous dérobe le spectacle de leurs peines : nous feignons de les croire heureuses, elles ne sont que misérables. Nous chantons l'amour, elles l'inspirent ; nous vantons ses plaisirs, elles les goûtent ; nous jouons le délire du sentiment, elles l'éprouvent. Un seul hommage qu'elles croient sincère, leur paraît un triomphe, et ce triomphe leur suffit ; nous osons compter les nôtres ! elles se plaisent à nourrir les doux souvenirs qui prolongent une illusion qui leur coûta souvent si cher ; ces mêmes souvenirs semblent nous importuner ! Sont elles offensées ? le par-

don que nous daignerions à peine solli-
citer, est sorti de leur cœur avant que
le sentiment de l'offense y soit parvenu.
Sont-elles trahies, abandonnées, elles
semblent ne se résoudre à devenir incons-
tantes, que pour nous rendre moins cou-
pables. Les premières impressions qu'elles
reçoivent, font le destin de leur vie : la
plus vertueuse fut toujours la plus fidelle,
et l'image du mortel qui sut la rendre
sensible, embellit encore quelquefois pour
elle, la triste solitude où sa jeunesse se
consume.

F I N.